幼兒全語文 階梯故事 系列

數星星

袁妙霞　著

野人　繪

園丁文化

漆黑的夜空中，滿是閃亮的星星。
小妹妹數來數去也數不清。

小妹妹問：「天上的星星真多，
究竟有多少顆啊？」

外婆說：「天上的星星就像沙灘上的沙子，多得數不清呀！」

爸爸說：「天上的星星就像草原上的
小草，多得數不清呀！」

媽媽說：「天上的星星就像媽媽的頭髮，多得數不清呀！」

這晚，雲層很厚，一顆星星都看不見了。
小妹妹說：「今晚的星星，就像⋯⋯」

外公說：「哈哈！今晚的星星，就像
外公的頭髮，全部都不見了。」

導讀活動

 提問

進行方法：

❶ 讀故事前，請伴讀者把故事先看一遍。
❷ 引導孩子觀察圖畫，透過提問和孩子本身的生活經驗，幫助孩子猜測故事的發展和結局。
❸ 利用重複句式的特點，引導孩子閱讀故事及猜測情節。如有需要，伴讀者可以給予協助。
❹ 最後，請孩子把故事從頭到尾讀一遍。

封面
1. 小妹妹指着什麼？你猜她要做什麼？請說說看。
2. 請把書名讀一遍。

P2
1. 圖中是一天中的什麼時候？漆黑的夜空中，我們能看見什麼東西？
2. 小妹妹用手指着天空。你猜她在做什麼？你認為她能數得清楚嗎？

P3
1. 小妹妹指着天上的星星，提出了什麼問題？
2. 小妹妹的問題，你能答得上來嗎？

P4
1. 對小妹妹的問題，外婆是怎樣回答的？
2. 你認同外婆的答案嗎？請說說看。

P5
1. 對小妹妹的問題，爸爸是怎樣回答的？
2. 你認同爸爸的答案嗎？請說說看。

P6
1. 對小妹妹的問題，媽媽是怎樣回答的？
2. 你認同媽媽的答案嗎？請說說看。

P7
1. 這晚，一顆星星也看不見。你知道是什麼原因嗎？請說說看。
2. 誰坐在沙發上看書？他梳的是什麼髮型？
3. 你能猜出外公說今晚的星星像什麼嗎？

P8
1. 你猜對了嗎？為什麼外公說今晚的星星像他的頭髮？
2. 除了外公的答案外，你還想到其他答案嗎？

9

小星星

我們常唱「一閃一閃小星星」。星星看上去都非常細小啊！

其實,很多星星都是十分巨大的,只因它們離地球太遠太遠了,所以看起來就只剩下一個小小的光點罷了。

亮晶晶

什麼因素影響星星的亮度?
（一）它本身的發光能力,
（二）它與地球的距離。

太陽距離地球近,所以看起來又大又亮得刺眼。其實宇宙中有不少比太陽更光更大的星星,但距離我們實在太遠了,所以看起來都不及太陽大,也不及太陽光亮。

字卡

玩法

❶ 把字卡全部排列出來，伴讀者讀出字詞，請孩子選出相應的字卡。
❷ 請孩子自行選出多張字卡，讀出字詞並口頭造句。

請沿虛線剪出字卡。

星星	漆黑	夜空
閃亮	數不清	究竟
顆	草原	頭髮
雲層	厚	全部

幼兒全語文階梯故事系列
第5級（挑戰篇）

《數星星》

©園丁文化

幼兒全語文階梯故事系列
第5級（挑戰篇）

《數星星》

©園丁文化

幼兒全語文階梯故事系列
第5級（挑戰篇）

《數星星》

©園丁文化

幼兒全語文階梯故事系列
第5級（挑戰篇）

《數星星》

©園丁文化

幼兒全語文階梯故事系列
第5級（挑戰篇）

《數星星》

©園丁文化

幼兒全語文階梯故事系列
第5級（挑戰篇）

《數星星》

©園丁文化

幼兒全語文階梯故事系列
第5級（挑戰篇）

《數星星》

©園丁文化

幼兒全語文階梯故事系列
第5級（挑戰篇）

《數星星》

©園丁文化

幼兒全語文階梯故事系列
第5級（挑戰篇）

《數星星》

©園丁文化

幼兒全語文階梯故事系列
第5級（挑戰篇）

《數星星》

©園丁文化

幼兒全語文階梯故事系列
第5級（挑戰篇）

《數星星》

©園丁文化

幼兒全語文階梯故事系列
第5級（挑戰篇）

《數星星》

©園丁文化